AUGUSTE GIR...

EN VACANCES!

Comédie en un acte

PRIX : **1** FRANC

MARSEILLE

ALBERT MILLAUD, ÉDITEUR

56, Allées de Meilhan, 56

1888

Droits de traduction et de représentation réservés.

EN VACANCES !

Comédie en un acte

par

AUGUSTE GIRY

Représentée pour la première fois sur le Théâtre des Variétés
à Marseille, le 30 Octobre 1888.

MARSEILLE

ALBERT MILLAUD, Éditeur

56, Allées de Meilhan, 56

1888

PERSONNAGES :

Pierre Pascal........................	MM. BELLEFONS.
Albert Aubry........................	RICHEMONT.
Mme Pascal........................	Mmes LARMET.
Rose................................	MOULINE.
Clarisse............................	CHAMBÉRY.

DE NOS JOURS, EN PROVENCE.

Mise en scène

de M. JOANNY, Administrateur de la scène du Théâtre des Variétés.

EN VACANCES!

Le théâtre représente une vaste salle, à la fois salon et antichambre, du domaine du « Castelet », grande bâtisse moitié mas moitié manoir, entre Barbentane et Boulbon. Mobilier ancien, avec bibelots modernes ; aux murs, la vieille panière de famille, des trophées de sabres d'abordage et de canardières. Sur une grande table, à gauche, des livres, des manuscrits, des journaux, l'attirail ordinaire du boulevardier en villégiature. Au fond une porte et deux larges fenêtres ouvertes sur une terrasse abritée par le feuillage d'une treille aux ceps noueux et d'où l'on aperçoit la vallée de la Durance et le Rhône. Deux portes latérales communiquant avec l'intérieur de la maison.

SCÈNE I

CLARISSE, ROSE

Au moment où la toile se lève, Rose travaille à quelque objet de fantaisie près d'un guéridon à droite. Clarisse va et vient, vaquant aux soins du ménage et mettant de l'ordre sur un dressoir situé au fond de l'appartement.

ROSE comptant les points de sa broderie et se reprenant.

Quatre, cinq, six... non, ce n'est pas cela... un, deux, trois, quatre...

CLARISSE

Oui, oui, usez vos jolis yeux là-dessus. De notre temps les fillettes de votre âge se contentaient du tricot.

ROSE, riant.

Oui, du temps où Marthe filait !.. Ce qui ne devait pas empêcher Marthe de porter des lunettes à cinquante ans... Voyons, je ne puis pourtant pas offrir une paire de bas à Maman ?...

CLARISSE

C'est vrai que, pour Madame, vous ne sauriez faire quelque chose de trop beau ! N'empêche pas que...

ROSE

Allons, calme-toi. As-tu pensé à dire qu'on attelât le bréak pour aller voir ces pauvres Bridoux demain matin à Noves?

CLARISSE

Vous ne croiriez pas que ce grand flandrin de Bastien faisait la grimace?..«Les bêtes sont fatiguées! Monsieur Pierre les a menées hier à Bompas!...» Aussi je lui ai lavé la tête!...

ROSE, riant.

Voyons, *misé grognon*!...

CLARISSE

Çà vous lasserait la patience d'un archange!... Voyez-vous, Mademoiselle, il n'y a plus de bons domestiques...

ROSE, souriant et lui prenant la main.

Quand ils ne sont pas nos meilleurs amis!

CLARISSE, embarrassée.

Oh! Mademoiselle! (En la regardant). Si ce n'est pas un chérubin du bon Dieu!... (Changeant de conversation). Vous savez, beau marché ce matin à Châteaurenard! Les prunes et les pêches se sont bien vendues. Les fermiers se frottent les mains cette année. Un brave pays que le nôtre tout de même!...

ROSE

Et les braves gens n'y manquent pas, quoique tu dises...

CLARISSE, au dressoir.

Voilà un panier de grosses mûres bien noires que j'ai fait cueillir par Babet. Nous le laisserons en passant chez le docteur, vous savez qu'il en est gourmand. Voilà les petites provisions pour les Bridoux. Tout y est!... Ah!... ceux-là peuvent vous bénir, vous et M⁻⁻ Pascal.. (Elle heurte une statuette en terre cuite qui est sur le dressoir). Eh bien j'allais en faire une belle!

ROSE

Que t'arrive-t-il?

CLARISSE

Aussi! Pierre qui encombre tout de... ses objets d'art, de ses bimbelots, comme il dit.

ROSE

Que veux-tu? il faut bien que quelque chose ici lui rappelle Paris...

CLARISSE

L'aime-t-il assez son Paris celui-là!... Ces horreurs de grandes villes ne sont bonnes qu'à nous enlever nos enfants. Qu'est-ce qu'il avait besoin d'aller faire dans cette Babylone?...

ROSE

Mais, tu le sais bien, voyons...

CLARISSE

Ah! joli métier! écrire des livres, faire des journaux, passer sa vie dans les théâtres et un tas d'autres endroits qui ne valent pas mieux!...

ROSE

Comment?... tu lui fais procès maintenant?... Et tu ne jures que par lui!...

CLARISSE

C'est comme son ami, son inséparable quand il est ici, le petit Aubry, le fils du docteur. En voilà un garnement!...

ROSE

Allons, Clarisse, parce qu'il est gai, parce qu'il aime à plaisanter.. Et puis, il est docteur, lui aussi, depuis huit jours!...

CLARISSE

Ah! un joli médecin, un freluquet qui a fait les cent dix-neuf coups à Marseille!

ROSE

Tu exagères!...

CLARISSE

Comme si je n'avais pas entendu, l'autre jour, quand ce fameux docteur, à qui je ne confierai pas la chèvre de M. Seguin, racontait qu'il était le président des étudiants... de vrais monstres... qu'il avait organisé un bal au théâtre... que...

ROSE

Eh bien?...

CLARISSE

C'est ça ! vous trouvez naturelles ces choses-là, vous, maintenant !
Ah ! je vous dis que leur fréquentation vous gâtera... Comme si
ces *gai-bon-temps* ne feraient pas mieux de se marier !...

ROSE, riant.

Eh bien, mais ! je te conseille de les blâmer. Et toi ? es-tu mariée ?..

CLARISSE, interloquée.

Oh ! moi... moi...

ROSE, affectueusement.

Oui, c'est vrai, bonne Clarisse ! Toi, toi... Eh bien, toi tu n'as pas
voulu laisser ta maîtresse seule avec ce garçon que tu as vu naître ;
tu as voulu, à la mort de l'oncle Pascal, lui épargner les soucis du
domaine et du ménage ; tu as voulu te dévouer pour elle, pour son
fils et plus tard aussi pour moi, quand maman Pascal a recueillie
chez elle la petite nièce devenue orpheline, cette petite nièce qui
te taquine souvent, mais qui t'aime bien tout de même...

CLARISSE, très émue.

Et comment ne pas vous aimer tous ?...

ROSE, ironique.

Même « le parisien. »

CLARISSE

Lui comme les autres, après tout !... Car, il faut bien l'avouer,
Paris ne nous l'a pas changé notre beau petit !

ROSE

T'y voilà, Clarisse !

CLARISSE

Aussi, il a des façons à lui de vous mettre du baume au cœur...
Et puis, je n'ai pas grand mérite. Si vous vous imaginez qu'un mari
m'aurait jamais traitée comme on me traite ici... Mais ce n'est pas
tout ça !... Pierre va rentrer. Il fait encore bien chaud et...

ROSE

Eh mais ? tu encourages ses mauvaises habitudes à présent ?...

CLARISSE, préparant un plateau avec des rafraîchissements.

Qu'est-ce que vous voulez ?... Il paraît qu'il aime ça. C'est pourtant atroce ces liqueurs, ces *impéritifs*, de vrais poisons !...

ROSE riant.

Ce qui n'empêche pas que tu ne laisses plus même à Pierre la peine de te les demander...

CLARISSE

Pas moins... ce serait péché de laisser ce pauvre enfant tirer la langue en cette saison. Je vais chercher de l'eau fraîche... (Elle sort).

SCÈNE II

ROSE, rêvant tout haut.

Quel bon cœur !... Comme tout le monde est bon ici et comme tout le monde m'aime.. Pas un de mes désirs qui ne soit prévenu. Pas un de mes caprices auquel il ne soit obéi. Excellente mère ! Il y a des moments où il me semble que je sais pas répondre comme il faudrait à l'affection qu'elle me montre. Et Pierre !... je voudrais tant reconnaître toutes ses attentions... Mais je ne suis qu'une petite fille, moi,.. auprès de lui surtout. Je ne sais pas lui faire comprendre combien je lui en sais gré... Je voudrais bien... mais je n'ose pas... je ne peux pas... Mon Dieu... peut-être qu'il me trouve indifférente, oublieuse, ingrate même... Et pourtant...

SCÈNE III

ROSE, Mᵐᵉ PASCAL, entre et surprend Rose dans sa muette contemplation.

Mᵐᵉ PASCAL qui a descendu vers le milieu de la scène.

Eh bien, Rosette !...

ROSE se levant et allant au devant d'elle.

Ah ! vous voilà, maman !...

Mᵐᵉ PASCAL l'embrasse, puis

Oui me voilà, chère enfant. Je viens de régler cet ancien compte avec le père Roman. La récolte a été bonne cette année. Il s'est entièrement libéré vis-à-vis de toi.

ROSE

Oh ! vis-à-vis de moi !... sais-je seulement s'il me devait quelque chose... Mais que de soucis vous prenez... Ce n'est donc pas assez de vous occuper de moi comme vous l'avez fait depuis que vous m'avez prise avec vous, faut-il encore...

Mme PASCAL

Il faut... il faut mon enfant qu'à ta majorité tu retrouves ton bien aussi prospère qu'il était à la mort de ta pauvre mère.. J'ai charge d'âme, c'est vrai, mais j'ai charge aussi d'intérêts...

ROSE

Oh ! voudriez-vous faire une millionnaire de votre petite Rose ?..

Mme PASCAL

Une millionnaire ?... pas tout à fait !... mais je ne veux pas, mon enfant, que, plus tard, quelque chose puisse te faire regretter la vie que je t'ai faite ici...

ROSE

Petite mère, ce n'est pas bien, cela... est-ce que je ne suis pas complètement, absolument heureuse ?...

Mme PASCAL

C'est que je me reproche presque maintenant que te voilà grande de t'avoir fait la compagne de ma solitude volontaire. J'ai peur que tu ne te prennes parfois à envier l'existence plus gaie, plus joyeuse, de beaucoup de jeunes filles de ton âge...

ROSE

Mais ce sont elles, au contraire, qui devraient me jalouser. Je vous demande un peu si on les aime comme vous m'aimez, si on les gâte comme vous me gâtez ?...

Mme PASCAL

N'es-tu pas ma seconde fille, ma seule consolation ?...

ROSE

Ah ! non ! pas la seule ! Et vous le savez bien !... Voyons, il ne faut pas être injuste pour ce pauvre Pierre. Et ses longues, longues lettres, quand il est là bas ! Et les bonnes vacances qu'il vous consacre toutes entières ! Et ses câlineries... Et les promenades qu'il vous fait faire ! Ah ! il faut lui tenir compte de tout ça, par exemple... Voyon répondez, maman, vous savez bien qu'il est meilleur que vous dites, ce grand fils dont vous ne demandez pas mieux qu'on prenne la défense...

Mme PASCAL, souriant.

Sais-tu que tu t'en acquittes bien ?...

ROSE

Et puis, plaignez-vous ! C'est trois mois qu'il reste d'ordinaire au Castelet chaque été. Cette année en voilà cinq qu'il y est et il ne parle pas encore de nous quitter.

Mme PASCAL, songeuse (à part).

Oui, cette année ! je vois bien pourquoi...

ROSE, qui est allé vers la porte du fond redescendant.

Tenez, le voici ! Grondez-le si vous voulez. Ils seront deux pour vous répondre, car Monsieur ne revient pas seul : son complice, comme l'appelle Clarisse, l'accompagne.

SCÈNE IV.

ROSE, Mme PASCAL, PIERRE et ALBERT, en costume de chasse.
En entrant ils déposent leurs fusils et leur carniers.

PIERRE

Bonjour mère, bonjour Rosette.

ALBERT, saluant.

Mesdames !...

Mme PASCAL

Bonjour mes enfants...

ROSE, rendant les saluts.

Adieu Pierre... M. le Docteur !...

ALBERT

Oh ! Mademoiselle !... pitié pour mes malades...

PIERRE

Tes malades... d'après demain.

ALBERT

Bah !... pour eux, le plus tard...

ROSE

Sera le mieux, n'est-ce pas ? Et cette chasse ?

ALBERT

Mademoiselle Rose, glissons, n'appuyons pas.

PIERRE

D'autant que le gibier, pour nous, c'est l'accessoire. Que nous rapportions un pauvre courlis levé dans les guérets ou que nous revenions de la garrigue le carnier rebondi de lièvres ou de perdrix, le plaisir n'est-il pas le même?...

Mᵐᵉ PASCAL

Tu les aimes donc toujours, tes vieilles collines?...

PIERRE

Si je les aime, mère! Mais quoi de meilleur que ces interminables courses sur leurs crêtes pelées, quand les fraîches caresses du mistral nous arrivent toutes parfumées de thym; quoi de plus sain que ces promenades au plein soleil dans l'herbe chaude de la Lande, quand la crosse du fusil frôle les chênes nains!... mais c'est la vie, la vraie celle là!...

ALBERT, qui l'écoute moqueur.

Bravo! Bravo! dis-donc, toi: Et le boulevard? Et le foyer de la comédie? Et tout le reste?...

PIERRE

Tout le reste? Ah mon cher, tout le reste c'est la vie factice, la vie qui brûle, la vie qui tue...

ROSE

Tu n'as pas toujours dit cela?...

ALBERT

Surtout entre Magdeleine et Bastille!...

Mᵐᵉ PASCAL

Te voilà tout de même forcé de lui faire justice à notre cher pays...

PIERRE

Ah! c'est qu'on l'apprécie; vois-tu, après une journée comme celle-ci passée dans les vergers d'olivier, quand on rentre tout imprégné des senteurs des genêts.

ALBERT

Toi, tu es entrain de préparer un roman provençal! Tu fouilles le document...

PIERRE

Profane ! Tu railles la nature ; et c'est si bon, la nature, lorsqu'on en est resté longtemps privé...

ROSE

A qui la faute ?...

PIERRE, prenant les mains de sa mère et de Rose.

Pas à vous, à coup sûr !

ALBERT

Allons, on ne va pas s'attendrir, je présume. (Montrant la table préparée). Et voilà qui me fait songer que « les brûlantes échappées de notre implacable soleil » pour employer ta langue, décadent, ont au moins autant d'action sur mon palais que sur nos cerveaux..

Mᵐᵉ PASCAL

Allons, asseyez-vous...

ALBERT, s'asseyant plaisant.

Mademoiselle Rose, cela ne vous dit rien ?...

ROSE

Vos horreurs ! oh fi donc...

SCÈNE V

Les mêmes, CLARISSE apportant une gargoulette d'eau fraîche
puis le courrier, journaux, lettres, etc.

CLARISSE à ALBERT.

C'est cela ! il ne vous manque plus que de l'alcooliser à présent. Voulez-vous bien vous taire ?...

ROSE

Rassure-toi, je n'y veux même pas goûter.

CLARISSE

Comme s'il ne vaudrait pas mieux, au lieu de toutes ces drogues, un bon verre de notre petit vin de Crau !

PIERRE

Ah ! il n'en faut pas dire trop de mal de nos poisons. Il y en a qui leur doivent leur fortune !...

CLARISSE

Oui, les médecins et les pharmaciens !

Mᵐᵉ PASCAL, montrant ALBERT.

Mais puisqu'il en boit...

ALBERT, riant.

Eh oui ! parbleu, par reconnaissance !

Mᵐᵉ PASCAL

Voyons ! on ne va pas encore se taquiner ! Clarisse, il faut songer au dîner. Et toi fillette, viens, laissons ces Messieurs à leurs cigares et à leur courrier.

CLARISSE, posant le tout sur la table.

Tenez ! voilà des nouvelles de votre Paris ! Voilà vos lettres, vos journaux. Comment pouvez-vous vous fourrez tout cela dans la cervelle ?...

ALBERT

Oh ! pour ce qu'il en reste !... (Elles sortent).

SCÈNE VI

PIERRE, ALBERT, commodément installés et fumant tandis que PIERRE
lit son courrier, ALBERT ouvre les journaux.

PIERRE, décachetant ses lettres.

Tu permets ?...

ALBERT, défaisant la bande d'un journal.

Tu autorises ?...

PIERRE, lisant une lettre.

Rien du Théâtre-Français ?... (Parcourant son courrier). Non, des annonces d'ouvrages ; un ami qui réclame une préface ; le directeur de mon journal qui me demande quand je compte reprendre mon rez-de-chaussée du Lundi... et c'est tout.

ALBERT

Eh ! bien, mon cher, ton journal en dit plus long que tes lettres sur tes affaires ?

PIERRE

Comment cela ?...

ALBERT, lisant.

Ecoute. « Courrier des théâtres : Hier on a répété pour la première fois, sur la scène du Théâtre-Français, *Frisquette*, la comédie de notre collaborateur Pierre Pascal qui avait déjà produit un si grand effet à la lecture. La pièce passera en novembre. »

PIERRE, assez indifférent.

Ah !

ALBERT

Comment ! voilà tout ce que cela te fait ?

PIERRE

C'est à croire, n'est-ce pas, que me voilà tout à fait mûr pour la Province...

ALBERT

Ah ! ça voyons ! que signifient tous ces sous-entendus ?

PIERRE

Que veux-tu dire ?

ALBERT

Je veux dire que tu n'es plus le même homme, que, plus nous allons, plus le boulevardier endurci, plus le parisien du Midi (c'est la pire espèce) semble se détacher de son idole...

PIERRE

Mais, mon pauvre ami, tourne-toi et regarde là sur cette terrasse ce merveilleux panorama tout baigné de soleil. Tout cela ne vaut-il pas, dis-moi, les plumeaux dégarnis du boulevard et l'infernal charivari du carrefour des Ecrasés ?...

ALBERT, goguenard.

Oui, je les connais ; oui c'est entendu ! c'est joli, très joli ! Mais tu ne me feras pas croire que c'est d'aujourd'hui seulement que tu t'en aperçois.

PIERRE

Et pourquoi pas ?...

ALBERT, narquois.

Allons donc ?...

PIERRE, hésitant

Mais si, je t'assure...

ALBERT

Non, non, rien ne m'ôtera de l'idée que cette longue route blanche de poussière qui t'éblouit et sur laquelle tu brodes de si gentils thèmes c'est pour toi quelque chose comme un chemin de Damas!...

PIERRE

Tu rêves...

ALBERT

Tu manques de confiance en moi?...

PIERRE

Tu as raison!... (Résolu). Aussi bien, pourquoi en te le cachant plus longtemps, me priverai-je de l'adoucissement que ton affection peut apporter à mon ennui. Dans la vie fiévreuse de travail et de plaisir qui a été la mienne jusqu'ici, combien de fois ai-je cru aimer?. Le sais-je moi-même?... Aujourd'hui seulement, tu m'entends, j'aime véritablement, pour la première fois, pour la vie!...

ALBERT

Toi? tu es pincé?...

PIERRE

Oh! ne railles pas... Pouvais-je m'en douter moi-même, l'an dernier... (Comme se parlant à lui-même). Je ne faisais pas plus attention à elle qu'à une enfant. Je la faisais jouer, comme on amuse une gamine et à présent que l'enfant est devenue femme, que la fillette est transformée en une grande et belle jeune fille, me voilà parti, j'ai le cœur à l'envers!...

ALBERT

Rose?... c'est Rose?...

PIERRE

Eh! oui, c'est elle, mon ami. Elle qu'à mon retour j'ai retrouvée si grandie, si changée que j'ai bien vite vu des choses auxquelles je n'avais pas pris garde jusqu'ici. Et voilà cinq mois que je goûte le charme exquis de cette grâce qui s'est développée sous mes yeux!.. Je l'aime de toutes les forces de mon âme.

ALBERT

Mais! alors! cela va aller tout seul. J'espère bien qu'il n'y a aucun obstacle à ce que...

PIERRE

C'est ce qui te trompe ! Tu connais ma mère. C'est une femme de tête et de cœur qui a conservé, avec son costume, les mœurs sévères et droites du pays natal.

ALBERT

Elle s'opposerait ?...

PIERRE

Quand, il y a trois mois, je lui fis la confidence que je viens de te faire, elle refusa d'abord de la prendre au sérieux. Il y avait entre nous deux, dit-elle, une trop grande différence d'âge.

ALBERT

Mais aujourd'hui, mon cher, ton âge c'est encore la jeunesse... l'homme de quarante ans (et tu ne les as pas) mais c'est le jeune premier de toute comédie qui se respecte ! On l'a réhabilité, le cheveu gris !

PIERRE

Ma mère ne pouvait d'ailleurs admettre que son « parisien » comme elle m'appelle, pût sincèrement s'éprendre de cette petite fleur des champs, douce comme la lavande, pure comme un lys sauvage. Bref, elle me fit promettre sur l'honneur que rien, dans mes paroles, ni dans ma conduite, ne laisserait deviner à Rose le secret qui venait de s'échapper de mon cœur.

ALBERT

Tu as promis ?...

PIERRE

J'ai promis, car il y avait encore une autre raison. Ma cousine est de beaucoup plus riche que moi. Son patrimoine est considérable et ma mère ne veut pas qu'on puisse dire un jour qu'elle a recueilli l'orpheline pour assurer la dot à son fils ? Tous les arguments que je fis valoir ne désarmèrent pas les scrupules de sa vieille loyauté. Je m'inclinai et j'ai tenu parole...

ALBERT

Et après ?...

PIERRE, découragé.

Après ? Il arrivera ce qu'il arrivera. Rien ne me dit d'ailleurs que

Rose réponde à mon affection. Rien ne me dit qu'un jour elle ne s'éprenne pas de quelqu'un plus jeune, plus riche, plus agréable que moi...

ALBERT

Toi, tu es en train de dire des bêtises...

PIERRE

C'est qu'elle a pris si complètement possession de mon être que, vois-tu, si elle en aimait un autre...

ALBERT

Eh bien moi, je suis persuadé qu'elle t'aime ! Qu'elle t'aime sans s'en douter ! Mais, qu'il suffirait d'un mot, d'un geste, d'un regard pour lui révéler à elle-même cet amour inconscient qui n'attend que l'étincelle pour jaillir en ardentes et radieuses flammes.

PIERRE

Non, cela n'est pas possible ! Elle m'aime peut-être comme un frère... rien de plus, va, je le sens bien.

ALBERT, haussant les épaules.

Tiens, je suis ton cadet... faudrait-il que je t'aide à retrouver le flair et la vue... Ma foi, mon diplôme, tout frais gravé, me donne le droit de te guérir et il n'est pas dit que...

PIERRE

Albert, je t'en prie...

ALBERT

Mon ami, je vois plus clair que toi·dans les petites affaires de ton cœur... Discret, je te promets de l'être... Cela te suffit n'est-ce pas ?

SCÈNE VII

Les mêmes, CLARISSE et ROSE.

CLARISSE

Monsieur Albert, on a besoin de vous.

ROSE

Oui, venez donc nous aider, nous allons cueillir quelques figues.

CLARISSE

Et vous monterez sur l'arbre. Quand vous vous rendriez un peu utile...

ALBERT, après un coup d'œil du côté de Pierre.

Vous voyez, Clarisse, on a souvent besoin d'un plus petit que soi. Allons, je vous suis.

ROSE, lui prenant le bras.

Venez donc, docteur! Laissons notre écrivain à ses paperasses.

SCÈNE VIII

PIERRE, puis Mme PASCAL

PIERRE les regarde s'éloigner, puis vient se rasseoir pensif devant sa table.

Je l'ai promis, je ne dirai rien. Et puis à quoi bon parler?... Si elle ne m'aimait pas?... Dois-je courir au devant de mon malheur?... (Il prend sa tête dans ses mains).

Mme PASCAL, entrant.

Pierre, mon enfant, tu es seul?... Mais comme te voilà sombre, préoccupé?... As-tu reçu quelque fâcheuse nouvelle?... Çà n'irait pas comme tu veux, là-bas?...

PIERRE, se levant.

Là-bas! Ah! que m'importe là-bas maintenant? Tu le sais bien, mère, mon cœur est ici, tout entier...

Mme PASCAL, sérieuse.

Tu m'avais promis, mon fils, que de longtemps il ne serait plus question de cela entre nous.

PIERRE

Est-ce ma faute, aussi?... Plus je vais, plus cette idée fixe m'étreint, me bouleverse. Le jour dans mes courses folles, la nuit dans mes insomnies, je songe au bonheur qui est là près de moi, au bonheur qui peut m'échapper à tout instant, au bonheur que je ne veux pas sacrifier...

Mme PASCAL

Je t'aime, mon fils, tu le sais. Et j'aime Rose, et c'est mon devoir de te prévenir contre l'égarement d'un moment... C'est pour la vie, penses-y bien. Elle m'a été confiée et je n'ai pas le droit de faire son malheur...

PIERRE

Mais je l'adore, ma mère. Je l'adore et malgré mon âge, je me sens au cœur assez de jeunesse et d'amour pour la rendre la plus heureuse des femmes, si elle voulait m'aimer un peu...

M•• PASCAL

Tu sais ce que je t'ai dit, Pierre. Rose n'a que dix-neuf ans. Dans deux ans elle se prononcera en toute liberté, alors elle sera maîtresse d'elle-même. Jusque-là je dois veiller sur son bonheur, sur ses biens et sur son avenir, et mon devoir est de les conserver intacts de toute atteinte, de les défendre contre mon fils lui-même.

PIERRE

Mais enfin, si elle m'aime, si vous obteniez d'elle un aveu, aveu que je redoute, il est vrai, autant que je le désire...

Mme PASCAL

Cet aveu détruirait, troublerait au moins l'intimité calme et confiante dans laquelle nous vivons... Et alors même qu'il te serait favorable, qui te dit qu'à son âge cette enfant soit assez sûre de son cœur pour que tu ne doives pas ce consentement à une surprise à une erreur de son inexpérience?... Oserais-tu en profiter?.. Non, mon fils, ce serait insensé, ce serait mal et tu ne ferais pas cela...

PIERRE

Mais alors, mère, que veux-tu que je devienne?...

Mme PASCAL

Tu vas partir, partir sur-le-champ. Il faut que tu quittes la maison...

PIERRE

Partir! Eh quoi! tu veux que je parte?...

M•• PASCAL

Oui, je te mets en garde contre toi-même. Tu vas prétexter une affaire qui te rappelle immédiatement à Paris... ce que tu voudras.. Tu nous reviendras l'an prochain... D'ici là tu auras réfléchi... nous verrons...

PIERRE, allant se rasseoir.

C'est bien, mère, je partirai demain.

Mme PASCAL, très émue, s'approche de lui, l'embrasse sur le front
et s'éloigne lentement.

SCÈNE IX

PIERRE

Eh! bien oui je partirai... Je renoncerai à vivre dans cette atmos-
phère pénétrante de tendresse calme et de bonheur... pour rentrer
dans le tourbillon... Oh! je ne m'en sens plus le courage... Et
cependant...

SCÈNE X

PIERRE, ALBERT, ROSE, CLARISSE

ALBERT, portant un panier de figues.

Ouf!...

ROSE à PIERRE

Tu sais, il n'en peut plus!

CLARISSE à ALBERT

Mais, de quoi êtes-vous capable alors?...

ALBERT, ironique.

Ah! Clarisse, le siècle est bien dégénéré!

ROSE

Tu ne nous dis rien, Pierre! On dirait que quelque chose te
contrarie!

PIERRE

Une ennuyeuse nouvelle, ma chère Rosette. On me rappelle à
Paris, immédiatement. Des difficultés à la Comédie, ma pièce qui
ne marche pas...

CLARISSE

Quand je vous le disais; encore ce sacripant de théâtre!

ROSE

Tu vas nous quitter?...

PIERRE

Il le faut, mignonne...

ALBERT, bas à PIERRE.

Mais, me diras-tu...

PIERRE, de même.

Tais-toi, ma mère l'exige.

ALBERT à part.

Nous verrons bien...

PIERRE, se levant à part.

Je n'y pourrai résister... (Haut). Clarisse, viens donc me donner un coup de main, j'ai encore tout à préparer là haut.

CLARISSE

Oui, avant que vous ayez seulement mis ordre à vos écrivasseries.. (Ils sortent par la porte de droite).

SCÈNE XI

ALBERT, ROSE

ALBERT, à part.

Ma foi, tant pis... Il faut que cela finisse... Et si je fais une bêtise... Bah!... (A Rose). Eh bien, Mademoiselle Rose, vous êtes toute interloquée...

ROSE

Aussi, ce Pierre, partir comme cela tout de suite, quand il nous promettait de prolonger nos bonnes vacances...

ALBERT

Que voulez-vous? leur mouvement parisien, leur « train » a de ces exigences!...

ROSE

Mais qui le force donc à continuer? Ne serait-il pas mille fois plus heureux ici auprès de ceux qui l'affectionnent, qui le chérissent?

ALBERT

Il faut pourtant bien que votre mère s'y habitue. Car, enfin, qui sait s'il ne sera pas bientôt forcé de rester toujours à Paris!

ROSE

Comment toujours ? Et nous ?...

ALBERT

Mais enfin supposez, par exemple, Mademoiselle, — il a encore le droit d'y penser, — qu'un mariage le fixe définitivement à Paris...

ROSE, troublée.

Un mariage ! Mais croyez-vous qu'une femme puisse jamais l'aimer comme on l'aime ici ? Oh non, pas cela !...

ALBERT, à part.

Plus de doute !... Je puis sans crainte... (A Rose). Enfin, il part ; mais avant qu'il nous ait quittés, je tiens Mademoiselle à l'entretenir et à entretenir Madame Pascal d'un projet que je caresse depuis longtemps, (La regardant en dessous), un projet qui nous intéresse tous deux, vous et moi !...

ROSE

Un projet ?... Tous les deux ?... Oh ! Monsieur Albert ! que voulez-vous dire ?

ALBERT, jouant la passion contenue.

Que me voilà devenu tout à fait sérieux, n'en déplaise à Clarisse et un peu à vous. Nous parlions mariage à propos de Pierre. Ne suis-je pas, moi aussi, en âge de lier mon sort à celui de quelqu'un que j'estimerai et que j'aimerai ? Eh bien j'ai pensé que vous ne refuseriez pas.

ROSE

Quoi ?... Achevez !...

ALBERT, même jeu.

De me donner la permission de demander votre main à votre mère, Mademoiselle Rose.

ROSE, très émue.

Ma main !... mais Monsieur Albert, je ne sais... vous me voyez toute surprise, toute confuse... Vous êtes un ami d'enfance, un bien gentil camarade, mais est-ce bien suffisant ?... Un mari, ce doit être autre chose... Je ne sais pas moi !... Mais il semble qu'on doit l'aimer différemment.

ALBERT, passionnément.

Oh! ne dites pas non!

ROSE

Ensuite, je ne veux pas quitter maman. Elle n'a que moi auprès d'elle! Et jamais je ne l'abandonnerai.

ALBERT à part.

Ah! si Pierre pouvait la voir et l'entendre! Il ne douterait plus.. (Haut). Voici Madame votre mère, je me sauve... Ce soir, n'est-ce pas, d'un mot, d'un tout petit mot... vous me ferez comprendre... (A part). Et maintenant, nous verrons bien s'il partira!... (Il s'esquive).

SCÈNE XII

ROSE puis Mᵐᵉ PASCAL

ROSE, éclatant en sanglots.

Lui, mon mari... mais je ne puis pas... Mon pauvre cœur se brise.. Et Pierre qui part, qui m'abandonne au moment où j'aurai tant besoin de ses conseils. (Après un temps d'arrêt et très impressionnée). Oh! mais ce n'est pas Albert que... non, ce n'est pas lui... (Cachant sa tête dans ses mains) Oh!...

Mᵐᵉ PASCAL, entrant.

Eh bien Rose! mon enfant, tu pleures! Mais qu'as-tu donc?... qu'arrive-t-il?...

ROSE, se jetant dans ses bras.

Mère, mère! je suis bien triste... Est-ce que je pouvais m'en douter?... Il vient là comme ça, tout de suite, me déclarer qu'il m'aime et qu'il veut faire de moi sa femme!... Avant de partir, il va te demander ma main.

Mᵐᵉ PASCAL, sévère.

Il t'en a parlé! il a enfreint mes ordres... J'étais de sa part habitué à plus de respect et de bon sens... Et toi qu'as-tu répondu?...

ROSE

Que sais-je?... Ce qui m'est venu tout d'abord à l'esprit; que je vous aime trop pour vouloir jamais me séparer de vous...

Mme PASCAL

Ce ne serait pourtant pas une raison.

ROSE

Oh ! si, la plus sérieuse de toutes... Et puis je ne l'aime pas, mère. Ce n'est pas ma faute.

Mme PASCAL, surprise

Tu ne l'aimes pas ?...

ROSE

Non ! et je sens bien que je ne pourrai pas me faire à la pensée de devenir sa femme.

Mme PASCAL, à part.

J'avais bien raison de redouter pour lui cette explication. (A Rose). En aimerais-tu donc un autre ?...

ROSE, se jetant confuse dans ses bras et pleurant.

Oui, un autre que j'aimais sans le savoir. Je sens bien maintenant que je ne pourrai jamais aimer que lui. Il est si bon, si généreux ! Et s'il ne m'aime pas, lui, je crois que j'en mourrai.

Mme PASCAL

Lui ?... Mais qui donc, Rosette ?...

ROSE

Qui ?.. Je n'ose pas. (apercevant Pierre qui rentre). Ah ! quand il ne sera plus là. (Elle essuie ses larmes et va se mettre près de la table).

SCÈNE XIII

Les mêmes, PIERRE.

PIERRE, rentrant à l'improviste par la droite.

Un mot, ma mère. (Faisant mine de se retirer en voyant l'air troublé de Rose).

Mme PASCAL

Reste, j'allais justement te prier de descendre. (Sévère) Voilà donc le cas que tu fais de mes désirs ?...

PIERRE

Je ne vous comprends pas.

Mme PASCAL

Je t'avais pourtant prié de ne rien lui dire !

PIERRE

Ne fallait-il pas lui annoncer mon départ?...

Mme PASCAL

Dans d'autres termes, au moins...

PIERRE

Comment Rose, je t'ai fâchée... cependant...

Mme PASCAL

Tu vois à quoi cela a abouti... Est-il besoin maintenant de te dire que l'accomplissement de ton rêve est impossible ?

PIERRE

Mon rêve... impossible !... mais parlez donc, que voulez-vous dire?

Mme PASCAL

Le projet que tu avais formé est irréalisable.

PIERRE

Quoi, mère ! Rose t'a dit ?

Mme PASCAL

Qu'elle t'aime de sincère amitié, mais qu'elle ne sera jamais ta femme.

ROSE, se levant et allant vers elle.

Mère! mère! Oh ! je ne vous ai pas dit cela !

PIERRE

Mais, m'expliquerez-vous ?

Mme PASCAL

Comment t'expliquer?... mais Rose ne vient-elle pas de te déclarer elle-même...

PIERRE

Rose? à moi?

Mme PASCAL

Que tu devais pour jamais renoncer à elle...

ROSE

Mais ce n'est pas à lui, ce n'est pas à lui!... C'est Albert qui m'a demandé ma main.

Mᵐᵉ PASCAL

Albert !

PIERRE

Albert ! lui ! il t'a fait un pareil aveu?...

ROSE

Oui, ma mère, Albert qui, en me demandant de devenir sa femme, a éveillé dans mon cœur un sentiment qui m'était inconnu!.. Albert, qui sans le vouloir m'a ouvert les yeux. (Se tournant vers Pierre) Mais alors si tu... pourquoi parlais-tu de nous quitter?...

Mᵐᵉ PASCAL, hésitant.

Mon enfant, c'est moi qui l'avais voulu ainsi. Il le faut... il le fallait du moins, car maintenant...

SCÈNE XIV

Les mêmes, CLARISSE.

CLARISSE, portant une lettre.

Madame! Monsieur Albert vient de filer. Il m'a prié de vous remettre ce petit mot quelques instants après son départ.

Mᵐᵉ PASCAL

Donne. (Lisant). « Ma bonne Madame Pascal et vous aussi Made-
« moiselle Rose, excusez à cet écervelé d'Albert une petite malice
« d'étudiant, la dernière. Est-ce bien d'ailleurs une malice et ne
« pensez-vous pas que maints docteurs très graves et très empesés
« auraient fait ce que j'ai fait en cherchant, avec plus de formes
« peut-être, à rapprocher deux êtres bien faits l'un pour l'autre qui
« s'adoraient sans se l'avouer. Ce sera ma première cure et je suis
« sûr que les deux malades qui me devront la santé du cœur n'ou-
« blieront ni le docteur ni l'ami. — Albert. »

PIERRE

Le brave cœur ! (Prenant la main de Rose). Oh, chère petite!

ROSE

Tu restes maintenant ?

PIERRE

Demande cela à Maman !

Mᵐᵉ PASCAL, leur tendant les mains.

Puis-je à présent l'en empêcher !

CLARISSE à ROSE

Bonne Mère de Dieu ! Comme ça, vous vous aimiez et je n'en savais rien et je n'ai rien vu... Ah ! c'est plus fort que... Oh ! que nous allons être heureux... (A Pierre). Tenez, vous êtes né coiffé !... (Elle s'essuie les yeux du coin de son tablier).

SCÈNE XV

Les mêmes, ALBERT qui depuis un instant est arrivé et arrêté sur le seuil les regarde puis, interrompant :

ALBERT

« Je craindrais de troubler ce trop tendre entretien ! », comme on chante je ne sais plus où... Mais si je ne suis pas de trop...

Mᵐᵉ PASCAL, Souriant.

Ah ! petit scélérat, vous osez reparaître ici !

PIERRE, lui serrant les mains avec effusion.

Merci ! je te dois mon bonheur !

ALBERT

J'aurais bien attendu demain pour revenir, mais j'ai rencon-tré en route le facteur qui portait une dépêche ici... Je l'apporte. Semonce pour semonce, le plus tôt sera le mieux.

PIERRE, ouvrant le télégramme.

C'est de Paris !

ROSE

On te rappelle ?

PIERRE, lit.

« *Frisquette* passera sans faute le 15 octobre, il est urgent que veniez surveiller dernières répétitions. » Ah ! bien non, ils se pas-seront de moi.

ROSE

Mais pas du tout, tu iras !

PIERRE

Comment ! crois-tu que je vais vous laisser ?

ROSE

Tu ne nous laisseras pas, nous t'accompagnerons, n'est-ce pas maman ?

Mme PASCAL

Et nous irons tous t'applaudir ! C'est dit...

CLARISSE

Alors, moi aussi Madame, moi aussi ?

PIERRE

Si grand que soit le succès auquel je pourrai prétendre, me vaudra-t-il jamais pareille satisfaction ?

ROSE, caline.

C'est bien vrai cela ?

PIERRE

Peux-tu en douter ? C'est aujourd'hui ma vraie première !

Mme PASCAL, montrant ALBERT.

Oui, grâce à la collaboration que voilà...

CLARISSE, à ALBERT.

Petit monstre de nature, ça me réconcilie avec vous.

ALBERT

Eh bien ! c'est encore la faute aux gens de la ville !

ROSE, à Mme PASCAL.

Il ne faut pas trop lui en vouloir petite mère, c'est plutôt, je crois, la faute aux vacances !

RIDEAU

IMPRIMERIE MARSEILLAISE, RUE SAINTE, 39.

www.ingramcontent.com/pod-product-compliance
Lightning Source LLC
Chambersburg PA
CBHW061604180626
46818CB00005B/1954